五行歌集

十羽の鴨とぞろぞろ

三友伸子
Mitomo Nobuko

そらまめ文庫

目次

1　私　大きくならなきゃ

このごろ
私の前に
どんどん道が拓《ひろ》がりすぎ！
私
大きくならなきゃ

ちょっと
気が向いたので
繕いモノはじめたら
「お前には
似合わないよ」と夫

今年はカリンが豊作
夫がさい断機で
ドンドン切る
アッという間に五キロ
カリン酒に

歌会作品のプリント
配ろうと思ったら
ない！
夢の中であせってる
「夢の中でまでドジ」と夫

五階から
筑波山
男体山
富士山を仰ぎ
〝さのさ節〟の舞台へ

「白塗りの写真
遺影に
しないでね
三友さんじゃないみたいだから」
オットォ！　私の方が先？

『草壁塾』を
熱く語る
歌友に
囲まれ
代表冥利に尽きる

遅れに遅れて
『馬ってね・・・』の
お礼状投函
翌日
〝オグリキャップ〟の番組に逢う

〝何かの力〟
働かせているのは
貴方です
稀勢の里
連続優勝おめでとう!

「すっぽり
ご主人に
包まれているのね」
『小鳥の道案内』を手に。
エッ？　アッ！　ヤラレタァ♡

これ、マー君が作った壁掛よ
一緒に持って行ってあげよう
「どこへ？」
あちらへ
「もう、荷造りしてるの？」

『宇宙人に背中おされて』
あげたら
御主人が読了され
短歌仲間に見せるのだと
当人は当分読めないとか

『宇宙人に背中おされて』
あげたら
お赤飯上手な人
としか　知らなかった
『小鳥の道案内』も読みたいと

歌会終えるのを
待ち構えていた学芸員さん
『宇宙人に背中おされて』
いいので
寺子屋講座の講師を、と

『宇宙人に背中おされて』
はじめはサーッと
二度目はじっくり
三回目はホロリ
四度目は楽しく読んだ　と

手紙書いていると
「文才のない人は
大変だね」
そう言い放って
夫は畑へ

これでもかと
じゃがいも掘って来る夫
お昼はジャガバタ
夕餉はコロッケ
翌日、ポテトフライ‥

まつむしそう好き
と言ったら
分けてくれた
夫はだまって
育てている

七月、九月、十一月と
「さのさ節」の舞台
続く
来年五月の
クラス会へ向け着着

ガーンと
うちのめされた
心
なかなか戻らない
カエデ歌集『一ヶ月反抗期』

「ぼくのことは
考えてくれなかったの？」
幼い問いに
応《こた》えられないままだった。
『一ヶ月反抗期』産む

何もしてあげられなかったけど
〝ビッグな夢〟
叶える
お手伝いできたから
良し　としようか

五行歌　が
在って
よかったね
『一ヶ月反抗期』
読んだ友

咲き始めた
ひまわり色の小菊
仏壇へ
正樹逝って
十四年

いつもより早目に就寝
目覚めたのは
出発予定30分前
たっぷりの睡眠
いざ　びわ湖大会へ

語り明かしたい
五行歌人
数えきれない
皆
片想いだが

イブの日に
願ってもないプレゼント
ジョウビタキの花子が
寝室に
居る！

伸

2

桧舞台

大先生に
並んで
丁寧なお稽古
体ついて行かないが
夢のよう

本番二日前ドキドキ
前日ドキドキ消えた
本番まで出てこない
遺言通り
守っているんだね、マー君

あ　れ〜〜〜
崩れ落ちる
わたしを受け
響き返す
桧舞台

腕の中に
すっぽり
ひ孫のような
天使のような
彩良《さら》ちゃん、一か月

「五行歌はいずれ無くなるんじゃないか」に
背筋シャンとなる
チンプンカンプンの私
トンボや鳥や宇宙人に
背中おされ、続いている

評論家X氏曰く
「文化祭より公民館祭りより
今回よかった」らしい
端唄「柳の雨」
二週間毎の舞台

孫のような
高校三年生
イケメンと
隣同士
ドキドキメロメロの歌会

迷ったのよ、〝何億倍も〟のスピーチ
「あなたが言わなくて
だれが言うの
あなたしかいないでしょ」
かんなさん、ありがとう

気がかりを抱えていると
カケス達、アオサギ、
オナガ軍団、セキレイペア、
ツグミ、ジョウビタキ、ウグイスも
日替りで　私の前に現れる

14才は
わたしのちょうど1／5
見ての通り
体はもちろん
心も遥か超えている

ほやほやの20㎝の雪
シャベルに軽い
真夜中
ひとり
掻くこと　一時間

「相談されても・・・
自分の考え
曲げない人だから・・・」
エッ　!!??
昨日も同じこと言われたわ

お赤飯の
ゆうすけ君のお礼状
「おいしかったです」に
くりくりかわゆい雪だるま
毎日　拝みたいよ

高校生の光の君、歌会前の
洗練された動きは何？
お祖父様が
人の一生のお手本であられたと
成程成程合点ふくらむ

名前は知らない
〝踊りが急に上手になった人〟が
独り歩きしている
大先生の猛特訓の
魔法

草壁塾
49回菅原道真　は
雨が降ろうが行く！
アッシー君のおかげ
雨でも傘の出番なく

道真に
ひかれている
夫が
太宰府でひいたおみくじ
〝心だに〟の歌に会ってから

なんのかんの
言っても
夫は
陰で
わたしを支えている

鏡に写った
手に
ドキリ
亡き母の手に
そっくり

どうせ当たらないから
抽選券を譲って
帰ろうとしたが
とめられて
農協賞　黒酢米2キロ
大当り！

「よみかきできない私でも
わかるのよ」
リサイクルショップを営む彼女
『宇宙人に背中おされて』を
勧めている

〝大好き!!〟
いきなり
告白されても…
お店で
雑談交わすだけのひと

帰路、米寿の恩師に
『一ヶ月反抗期』を差し上げる
「五行歌だから伝わる」
大事そうに抱え
「いい日でした」と別れ際

「三友さん
『宇宙人に背中おされて』
そばに置いておきたいの」
その方の働くお店においてもらって
そろそろ一年

〝さのさ節〟クラス会で踊る
野望を
抵抗なく果たした
もう
いつやめてもいい

3

私を作る道具

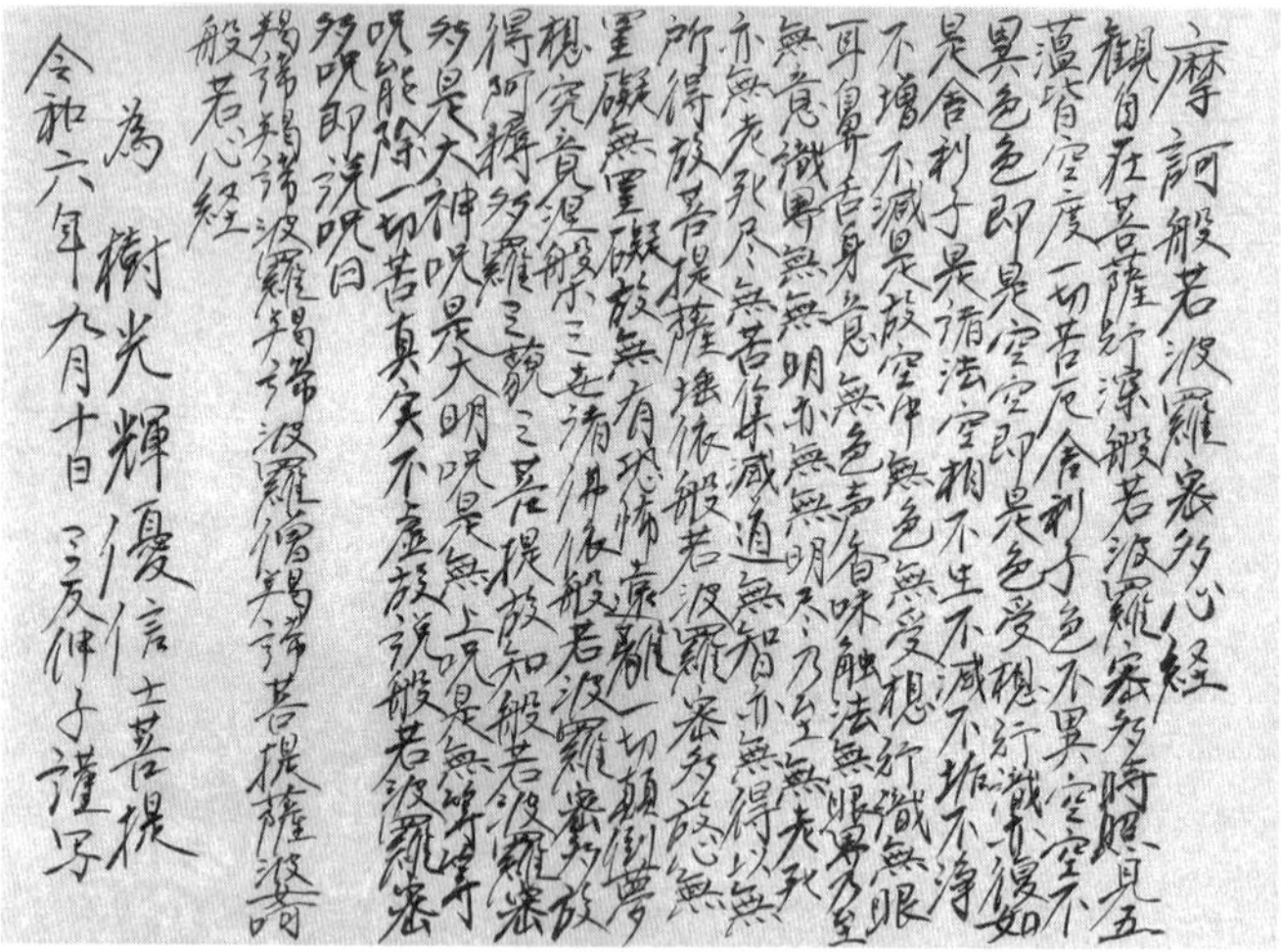

摩訶般若波羅蜜多心経
観自在菩薩行深般若波羅蜜多時照見五
蘊皆空度一切苦厄舎利子色不異空空不
異色色即是空空即是色受想行識亦復如
是舎利子是諸法空相不生不滅不垢不浄
不増不減是故空中無色無受想行識無眼
耳鼻舌身意無色声香味触法無眼界乃至
無意識界無無明亦無無明尽乃至無老死
亦無老死尽無苦集滅道無智亦無得以無
所得故菩提薩埵依般若波羅蜜多故心無
罣礙無罣礙故無有恐怖遠離一切顛倒夢
想究竟涅槃三世諸仏依般若波羅蜜多故
得阿耨多羅三藐三菩提故知般若波羅蜜
多是大神呪是大明呪是無上呪是無等等
呪能除一切苦真実不虚故説般若波羅蜜
多呪即説呪曰
羯諦羯諦波羅羯諦波羅僧羯諦菩提薩婆訶
般若心経
為 樹光輝優信士菩提
令和六年九月十日 三友伸子謹写

般若心経

二十年余り
半紙の写経
九月十日
とっておきの料紙に
その日　叔母逝去　九十七歳

伸　子

五行歌は
好き　でもない
趣味　でもない
私を　作り上げてゆく
道具

「ふくろうがいるよ」
電話もらって
かけつけると
金乗院前の大樹に
ヒナ三羽と親一羽

米寿の恩師に
第1、第2歌集
進呈
第1、第2の
草壁先生の跋に感銘を受けたと
正直なご感想

「いんげん買おうとしていたよ」
と　告げ口したり
レジカゴのぞいて
「野菜買っちゃダメだよ」
ちょっかい出したがる夫の畑友

行列を作った和菓子職人で
能筆家の祖父と
自作の大明神を敬っていたという祖父
二人共　会ったことはないが
誇りに思う

わたしの一日は
写経で始まり
数独で
リセットして
終る

「あなたは
体験してきたことだけ
言うから
信用できる」
迫ってくる

五行歌に熱心な人
と言われる
私を作る道具
大事にするのは
当り前

わたしの一首
カエデの帯の歌にしたいんだけど
「いいよ」
バーバが感じた
ほんとうのこと言うからね

日舞は
好き　ではない
趣味　ではない
なりゆき
まかせ

端唄より
「だんなさま」　が
ウケている
ケア施設
ボランティア

小林旭の唄う
荒城の月　に
会えるとは
しかも　これから
ずーっと　手許にある

小林旭の唄
なげやりじゃない？
そこがいいのよ
ハンパモノには
たまらない

シンデレラになったことがある
「これから謝恩会なの」
「私の晴着、着なさい」
と着付けて下さった
同い年の美容師さん

無条件に
貴乃花が好きだ
華があった
楽しかった　幸せだった
・・消えてしまった・・・

三友さんは
すっごく
だましやすい。
私は
先ず、うたがう　と、

のだ歌会の切札
阿部さん
全国大会初参加
高得点、コメント七枚
その上　個人賞　二つ！

〝おはよう〟
園バスに向かう
はるちゃんの声
老夫婦には
清涼剤

「元気な男の子ですよ」
抱き上げて、看護婦さん、
夢を見た
その直後
「産まれました」と婿さんから

〝友達をつくるな〟
の意味
だんだん
見えてきた
古稀過ぎて

走り書き
この数字は
父の筆跡
この字は
母に似て

4　天職だった

踊りの会の研修旅行
「先生来られないから、来ないかと思った」
「ひとりで来るなんてエライよ」
「責任果たしたね」
皆の声がやわらかい

大きな大きなホテル
大きな大きな湯ぶねに
ひとり
束の間の
しあわせ

還暦過ぎて
一回目の年女
降って湧いた
難題
緊張の12か月に向かう

予約29名
スタッフ倍増
大事な大事な仕切りやさん一名
揃え
晴れの日を待つ美容室

白菜漬け
いい塩梅
まぐれの二連発
まだ、自信には
程遠い

書初は
模造紙に
「さくらさくら」の歌詞
いい字だ　と
辛口の夫

ハチマキしめて
勉強？
神社に合格祈願？
ゾッとする
気が狂いそうだ

祖母に
諭された
　人は人
わたしを
支え続けている

構図は涅槃図
トドのように
ねそべっている孫
ほんわかムードの
卒業写真

おいしかったーァ
みんなおいしいんだろうけど
違うのよ！
誰にもあげたくない　と
わたしのお赤飯

「電気は
数学
使うよ」
進路を決めた
先生のひとこと

「こんにちは」
青空のような声
男の子ふたり
自転車ですれ違う
お腹の底から「こんにちは」

孫ほどのリハビリ体操コーチ
「肌がきれい！　何かやってます？」
〝五行歌〟、本も出したのよ
「読みたい！」と
目輝かせて

「体験したことは
伝わるのよ」
ふらっと
立ち寄った
お店で　さらりと

アッ！　雉《キジ》だ！
前の雑木林を行く
ここに住んで四十年
初めて見た
あと十日で　令和に

踊りをやめて二か月
母のような
98才教会長に
発表会のビデオ見てもらう
〝三友さんじゃないみたい〟を連発

『宇宙人に背中おされて』を見て
書の師にと　若い女《ひと》
残念ながら
教える術は
持ち合わせていない

立てる
つもり
いつの間にか
ふみ台と
なっている

息子夫婦からの贈物
桃の美味さに
学生時代の
家庭教師の
お中元　甦る

三番目に
あなたを守るのは私
初めて抱いた時の直感
とっくに守られる側だけれど
直感は　そのまま

拓本体験の受付で
「本、読みました」
「他に三冊持ってます」
・・あァ奥様に差し上げた歌集ですね。
「土産話ができた」と嬉しそうに

ゴロゴロ
カボチャ豊作
三度、三度でも
飽きの来ない
出来！

「の」の字を刻す
老眼に無器用も手伝って
ガギガギ、直しようがない！
と、先生、一目見るや「わかった！」と
すっきり　見違える印にされた

今年いっぱいで返納を決めた夫と
両親のお墓参り
帰途、新4号に乗って程なく
右手にアオサギ、左にシラサギ二羽
ありがとう　と言ってるよう

ボランティアの
ピンチヒッターで
〝荒城の月〟など踊る
三か月経っても
忘れないもんだね、と夫

東竹院の奥様に
『一ヶ月反抗期』
20冊の注文　いただく
「必要な詩歌」（2006年12月号巻頭言）
添えた

「主宰の欠席は
私が出来る限り
カバーをいたします」
副主宰ならではの
おことば

息子夫婦から
栗入り最中
久々に
ほっこりした
三時

テレビをつけると
100分de名著
西田幾多郎
〝経験が人をつくる〟
〝裸の眼で見る〟

台風19号のあと電話不通に
一瞬で故障を発見
台風のせいですか?
「ちがいます」
?? 老朽化らしい

機械音痴ながら
憧れは エンジニア
産業用ロボットの
ソフトウェアは
天職だった

「どこに行っちゃうか
わかんないから
迎えに来るよ」
身も心も
はるか高く、高1孫

オープンして四日目
堤台自治会館で
気分も新たに歌会
田中夫人お手製の絶品ケーキ
華を添えて

丁寧な光の君の
毎月の一筆箋
頼りに辿り着きました
一年間
ありがとうございました

里芋、やつがしら、筍芋
手に負えず
高1孫に　SOS
それはちょっと…案じたが
終ってみればハッピーハッピー

5 アカハラ

小学校五つ
中学校二つの転校
弾けたり
弾かれたりも
みんな糧となっている

勝ったわけではないが
華々しく
打上げ　したい
だれか
付き合ってくれませんか

小一まで
隣同士だった
二つ下のみきおちゃん
「伸ちゃんは
小さい頃から違ってた」と

福島出身で
意気投合
我が阿部昭壽さんと
遊子さん
隣同士の関東新年歌会

早退の私を
スクータに乗せ
届けて下さった
おぼろ気な
記憶

びわ湖大会で交わした
「三友さんは
小鳥と話せるの？」
それが　お別れのことば
泊舟さん、お世話になりました　合掌

「自分のこと
知ってもらいたくて
本
出したの？」
そうか、そうだったのかァ

小三担任
90才で永眠
年賀状のひとことに
力をもらい60年
支柱外されたよう　合掌

たっぷり
カメラに収めた
アカハラ
夫と鑑賞会
いくら見ても　あきないねェー

二、三〇分もの
アカハラの長居
一月二十七日
後にも先にも
我が家のアカハラ記念日に

はくもくれんの
アッという間の
満開
足もとには
ラッパ水仙

大宮大会で
「三友さん、
徳弘です」 と
十数年ぶり 感激でした
多謝 合掌

異端をも
すっぽり包む
米寿の
辻春美さんの
宙の世界

びっくり箱を
開けたよう
次々　飛び出す
ワクワク
封書から

アラッ!　夫と同じ誕生日
済木庸人　様
急に近くなりました
夫はコウキ高齢ホヤホヤですが、
「戦争と五行歌」拝読致しました

二十年余り
突っ走って来た
二か月も息を抜いていると
保護者のような幹事の阿部さん
〝歌　集めろ!〟と

五行歌は
凄い
達人に
かかると
猶　凄い

6 雨、降らないかなァ

雨漏り
八代目　大工さんに
直していただく
早く
雨、降らないかなァ

「カッコー　きいたよ」
畑帰りの夫は言う
五月二十一日の結婚記念日に。
二日遅れて
カッコーを　聞く

お一人お一人の
心からの
コメントに
心　ふくらむ
通信歌会

〝希望は
名もなき人の
中にある〟
いいことばに
出会えた

五行歌に
逢ってから
五行歌に
救われ
鍛えられている

物置を片していると
黒いケースのようなもの
手ざわりがいい、開くと
カード類に千円札８枚
去年の秋　紛失した財布だ

さァ、ごはんいただきましょう
と、ひょっこり
青蛙
私の傍に　ピョコン
課題クリアの朝《あした》

宇宙人に
背中おされてる
身
信念など
ない

写真見たよ
ほんのり
ピンクの
蓮
トモ子おばあちゃんみたいだね

退会されても
手紙のやりとりは
五行歌
すっかり
五行歌人

困っていたら
そっと
手を貸す
ギクシャクが
平らになる

いわて大会と
『リプルの歌』の
おかげ
遺言ほぼ完成、あとは
不思議な体験　語れる限り

わたしの
人生二重丸は
祖母の
投げ掛けた
〝友達をつくるな〟

千間台《せんげんだい》（越谷）のお嬢さんと
数分で意気投合
たまたま持っていた
『小鳥の道案内』と
『宇宙人に背中おされて』謹呈

99才の
母のような教会長
『リプルの歌』の
書評を読み
丸ごと三友さんね、と

熱心な受講生
錚々たる五行歌人のご出席
二十二年半
五行歌講座のひな形作られた
渡部道子様

受講生、五行歌人の
声集め
二十二年半の
有終の美、飾られた　道子さん
もう、そこに　新教室が待っている

祖母の
仕立てた
きものは
着やすい　と
評判だった

柏女《かしわめ》さん、　（亡　正樹の先輩）
〝じゅん散歩〟見ました
歌会で馴染の
市民会館　（旧茂木佐平治邸）
案内されていましたね

夫の育てた
紫蘇で
紫蘇ジュース
猛暑に
大活躍

母らしくなく
妻らしくない
掻い潜って
私を
生きる

「一生懸命恥をかきながら、
挫折しないで詠いつづけて、
尚且つ気楽に、おおらかに
古え人に学んでいきたい」
20年前の亡泊舟さん記。感謝

※『みやこ鳥』八号より

7

一男六女

——菊水

一男六女
七人きょうだいで
LINE始めた
グループ名は
家紋の〝菊水〟

一男六女
七人きょうだいの
グループLINE
リーダーは
スマホ歴九年の四女

きょうは
畑のキャベツで
餃子作り
主導権は夫
だから　美味しいのです

きょうだい七人の
LINE始めたら
すぐ下の三女
毎日のように
五行歌作る

天気も夫の気分も良好
一階のアルミサッシを洗う
「おつかれさま」と
お向いさんから
麻婆豆腐の出前届く

小三の恩師は
校長を勤めた
葬儀に来た卒業生は
「朝礼で
校長先生の話が聞きたかった」と

三女の毎日の五行歌 LINE
六女は言う
〝板についてきたね〟
〝すんなり、自然〟と
おっとり五女は、わかりやすい　と

長女の LINE
五行歌みたい、と言えば
四女は
即
五行に整える

弟は私を五行に。鹿沼で
後部座席から
ころりん
軽快に去っていく
姉の自転車

六人目のお孫さん
男　と聞き
〝ヤッター!!〟
と叫びたくなる
同じ命だけれど

妹にクラス会の写真を送信
〝みんな、おじいさんに
なってしまったのね〟
エッ⁉　わたしは、おばあさん？
〝当然！〟さっと鏡まで、LINE上

思いがけない
孫からの和菓子の
クリスマスプレゼント
ほっこりして
ふたりの三時のお茶

カーテンを開けると
地面をつつく
アカハラ
十一か月ぶりの電車
春日部五行歌クラブへ

お正月に
家族で百人一首
父の
札の撥ね方
堂に入っていた

子供の頃
年寄が言っていた
〝御天道様が見ているよ〟
そんなバカな、と思っていた
ほんとうだった

門扉の取付工事
穴明け作業難儀した、と
コンクリートの土台
ふつうは 15 cm位だそう
大谷石の塀のため 25 cmもあった

年の差73
彰良《あきら》くん、一か月半　と
ツーショット
ずっしり
どっしり

十羽の鴨
待っている
一緒になって
ゾロゾロ　ゾロゾロ
歩く

今日は　鴨達と
おしどりも
待っている
分け隔てなく
ゾロゾロ　ゾロゾロ

長女から
六女まで
六人揃って
宇都宮女子高の
同窓生だ

「今日は何の日?」
??・・結婚記念日?
「そう、49年目の
何回〝出ていけ〟言ったか
数えてごらん」　笑っていたと

このごろ
〝下男〟
飛び交う
家庭内
口先だけの

8　まっすぐ天を向く

神が降りるという
松
新芽は
まっすぐ
天を向く

シジュウカラの子たち
集まって来て
さえずり
シャワー
頭から

アオサギが
池に降り立った
あっちへ飛んだり
こっちに来たり
追いかけっこ

難題

承諾のハガキ
書き終るころ
ホトトギス
さかんに鳴いている

木も話しかけているという
花は咲いていなくても
桜の木
みのるさんには
桜の声が聞こえたのでは

母のようで
母ではない
友だちみたいな
美喜子さん
百歳おめでとう！

グヮグヮ
鳴きながら
鴨たち
頭上を
通りすぎる

ピーマンを採りに
出ると
私を中心に
半円の
虹

どっかと
大自然の
ふところに
抱かれたよう
市原恵子五行歌集『草千里』

素直に純粋に歩いてきたんだね
と妹
そうでなかったら
鳥たち
相手にしてくれない

「軽そう！」
可燃物出しに行ったら
あいさつ代り
生ゴミは
土に戻している

その日、シオカラトンボは
足下に　羽を休める
黒揚羽は
ヒラヒラ　ヒラヒラ
なかなか　離れて行かない

15羽の鴨たち
数え直していると
空から〝ギャッ〟
アオサギが数回
声かけ通り過ぎる

お客様の意志を
大事にする
良い方向に
どんどん変えていく
妹の手芸サークル

「ふたりだったのに
ふたり　ふえたよ」
同じ目線だ
池の
鴨たちと

ねばならぬ事
山積み
抜けるような
青空！
なんとかなりそう

「毎朝
お茶いれてもらって
幸せな老後だねェ」
エッ！　老後なの？
「老前ではないでしょう」

あれ、アオサギよ
飛び立って　ギャッ
「あれ鳴き声ですか?」　そうよ
昨日も会えたのよ、嬉しくって!
怪訝そうな少年

アッ!　生命線　長ーい
長生きする!
「ヤベェ」
と言いながら
うれしそう

フラワースポット
「ナナ」の花は
確かだった
２０２０末
閉店との貼紙

長男と
自作の
ペアルック
そんな日も
あった

「かわいいね」と
インタビュアー
ママに囁く
坊や
〝カッコイイ〟がいい

長老は偉い人
そう思っていた
気が付けば
トシだけ
十分長老だ

神前で
マスクして
つとめなど　とんでもない
わたしの五行歌
欺いてしまう

信念など
ない
日々
感ずる
ままに

9　結果オーライ

夫作
筍芋を
百歳と
一歳が
爆喰いした、と

バックボーンは
菅原道真
芹沢光治良
そして
鳥たち、蜻蛉たちに蛙

裸木の枝々に
白く光る蕾のような鳥たち
数羽ずつ飛び立っても
まだまだ居る
コムクドリか？　初めまして！

めまい、吐き気、立てない　と言う
入院準備整え
心の準備できぬまま、救急車
点滴受けながら検査
異常なしと、二時間余りで帰宅

その日、池には
鴨40羽、オオバンペア、カワウは水面滑る
樹には　エナガたち
コゲラ、メジロ、ミソサザイも
せせらぎには　ヤマガラ、シジュウカラ

テキパキ
雪掻き
一年生のはるちゃん
つられて
ジジババ張り切る

後《うしろ》から
「こんにちは」
走り過ぎる
自転車の少年、思わず
しゃんとして〝こんにちは〟

父に教わったのよ
そう言いながら
着物を畳む
父ほど
上手《うま》くはないが

鴨たち6羽
待っている
一緒に
階段を上がる
2羽ずつ飛び立って

「この一年の経過をみると
安定していて
悪くなる方にはいかないと思います
よくがんばりました。奥さんも、」
夫婦で初詣でに行ったと、一月十九日

いつまでも
目の前から離れない
スマホ取り出し動画
落葉つつくシジュウカラ
1分31秒

偶然だよ
たまたまでしょ
ならば
私の人生
偶だらけ

うちの電話番号下四桁が
誕生日なのだと
お父様の誕生日は私と同じ
お父様も父も明治44年生れ
どこまでご縁があるのでしょう

頭上を鴨たちが、
と、又来た、又来た
何度も何度も巡ってくる
動画も撮れた
鴨たち自作自演の航空ショー

打揚げられた
クジラの胃には
たくさんのプラゴミ
スーパーに行けば
どれもこれもプラスチック包装

安全安心の
ところに
「安全安心」の
文字は
躍らない

このごろ
よくホバリング
されてもなァ
かわいいけど
ヒヨドリたちなんだ！

「家《うち》に帰りてェって思うんですよ、
家《うち》に帰っているんですよ」
「分かります」
独り身同士の
会話

バカ
言い合って
アッハッハ
長持の
秘訣だね

スーパー入口
上空をカワウが、
買物済ませ　出ると
今度は
アオサギが飛んで来る

人のこころは
どこへ？
それでも
人間やってる
大変な事為出かしている…

散歩途中の空き地
通りかかる度
ムクドリの群れ
待っていたかのように
一斉に飛び立つ

歩道のまん中
しゃがんで待ち受け
道案内始める。２分余り
向かいの駐車場に飛び
見送っている鴨

今年も
キヌサヤとスナップエンドウ
『リプルの歌』
想いながら
〝青虫〟気分でいただく

だれにも
言えない
わたしの
マスクは
ニンゲンタイサク

わたしたち、結果オーライ⁉
5首選に初めて載せていただいた
七月号、八月号
どちらも
夫絡み

10 みんなが先生

トンボや
鳥の目を
もった方に
出逢い
天にも昇るよう

鳩・私・ランドセルの男の子
並んで歩くこと一分余
見てた？「うん」ホラッこれよ！
スマホ動画見せるも
素っ気なく

ヘルスケアとしての中絶
このコラムニストは
フェミニストの立場だと
身の毛の弥立《よだ》つのを
抑えられない

わたしは
つっ走るだけの亥
ひと回り違いの妹は
気立てのよい亥
亡父は、やさしい亥

お互い
相容れぬ
性分
そのままを楽しんじゃう
思わぬ歌がひょっこり

一生に
一度あるかどうか
鴨の道案内
動画を
のだ歌会グループLINEへ

ほとんど
カメラ構えたことない人が
動画を撮影しちょる。
ウケる〜〜〜。
スマホさまさまじゃ。と長男

駅に
タクシー乗場はある
電話、なかなかつながらず
つながれば30分待ち
このごろ　わが町タクシー難民

上三人は
おばあちゃんが育てた
下三人は
わたしがちゃんと育てなきゃ
なんともかわゆい母でした

チンプンカンプンのまま
歌会　立ち上げた
ずーっと
みんなが
先生‼

予定日は八月
発表から　わくわく
まってたよ！
眞虎良《まとら》くん
おめでとう

せせらぎで待っている
道に上がると　歩き出す
折り返しの池まで
アオサギの道案内
ゆったり　１分半

草むらから
ピョン
足元に
ショウジョウバッタとまる
八月尽

「こんなんどうや
って読むんです」
即　覚えました
いつも楽しかったです
笑顔想いながら　合掌

公園入ってすぐの
せせらぎを通りかかると
次々向こう側に上がってゆく
みんな　こっち向いて勢揃い
鴨11羽

アスレチックの水上コースの池
しらさぎが
柵に沿って
道案内
飛び立つまで47秒

孫の高2のはる君は
待ち受け画面に
しているという
妻には〝出ていけ〟が
口ぐせの義弟を

1000回目の〝出て行け〟
に乗って　妹は宇都宮へ
アパート即決
布団、鍋釜、カーテン、家電等
きょうだい、姪たちからアッという間に

妹のアパート暮しが
始まるや
亡母愛用の
鏡台、タンスも
来て

めでたく
高貴？？？高齢者の仲間入り
？三つ付けても
身内の反応
冷やか

五行歌集『承認欲求』
今を
象徴
グッと
刺さる

折り返しの池に着くや
斜面の方へヨチヨチ
と、一斉に飛んで
池に着水
みごとな鴨たちのショー

11　セキレイペア

ゆずを運びがてら
「包丁研ぎます」
と大工さん
帰って来た包丁
気分は料理人

宇都宮に転居の妹の
提案
母校の宇女高に
『小鳥の道案内』など
寄贈

素早い
セキレイペアの
道案内
僅か
20秒

マスクして神事行う
聖職者の方々
そこは
二度も不思議を体感した聖地
どうしてマスクして上がれようか

「5000回も50年も言い続けても
ここに居る。今度は
自分が出て行く
に変えた方がいいんじゃない」
笑うしかない義弟

どうしようもない　きず
妹にだけ向けた50年
台所で
洗いものしながら逝った
矩志さん、おだやかなお顔で

妻は不在
子、孫に囲まれ
クリスマス会
「俺がおこらなければ
帰って来るかなァ」と、

笑顔で
握手は
叶わなかった
のりじさん
ありがとう　合掌

太郎君の
まあるいトゲ
好きだなァ
ほんわか
チクリ

夫の育てた
椿　80鉢
蓮華寺公園へ
お嫁入りさせた妹
記録アルバム添えて

昔ながらの
沢庵
食卓に
並んでいる
ありがたい

遺言だから　と
原稿を
初めて
夫に見せる
２０２２年　十首選の

そこは　ひばりとの
デートスポットだった
デーンと　保育園に
せまくなった空から
高らかに　ひばりさえずって

せまい　せせらぎに
鴨10羽一列に
次々縁に上がり
一羽ずつ　ぽちゃんぽちゃんぽちゃん
なかなか降りない10羽目　?演出家?

コートから肌着まで詰め込み
病院へ　会計済ませ
駅では　エレベーターを探す
駅から歩いて　ゆっくりゆっくり帰宅
…退院付添当り前…

「右半身マヒだから
この辺にカゲが…と思うのですが
無いのです。流れてしまったのか？
二週間程の入院でしょう」
と先生。　午前2時過ぎ

通り路の公園に
ツグミ
ブロックに上がったり
電線にとまったり
クックックックックックッ見送っている

思いを寄せるひと
熱く語られた
谷川俊さん
さわやかでした
小歌会　　合掌

兜の飾ってある
畳の部屋での
歌会
忘れかけていた
習わし

3のぶ子だね　と
誠《のぶ》子さん
3のぶ子
胸に
五行歌続けます　　合掌

学生時代
計算尺
使った覚えがある
『計算尺教室』
処分寸前引っ込めた

学生時代の四年間
紅一点で得たもの
紳士の優しさ
そして
限りない尊敬の念

この頃の
弟の写真
まるで
父が
そこに居るよう

昨日、公園で
はじめましての　白黒チョウ
今日は　庭に
ヒラヒラ　長居
動画もバッチリ

わたしの稼ぎは
わたしのために使う
夫に、いい仕事してもらいたい一心
家事はできるだけ
わたしが　担当

あなたのおかげで
ここまで来た
お前のおかげで
ここまで来た
涙した原田直之コンサート

12 モンキチョウ　ヒラヒラ

何に愛されたい
？
トンボや鳥に
愛されたら
それでいい

の

庭から
〝こんちわ〟と
居間に顔出す
ご近所さん
そんなあばらや住まい

哲学者
より
哲学者
本誌七月号
先生と新平さんのツーショット

鴨の道案内の動画に
新平さんの寄せて下さったLINE
「鴨がスタンバイしてるなんて。
さすがー！　鳥仲間でも
顔が売れておられるのでしょう。」

メダカ飼っているの
いいなぁと思って
お父さんに言ったら
全力でキョヒされた
と、公園で出会った少年

お隣のご主人の葬儀の翌日
オハグロトンボ
目の前に　ひらり
茗荷の葉に乗って
羽を閉じたり　開いたり

炎天下
洗濯物干していると、きっと
ツバメたち寄って来る
たまには
ホバリングしたり

伐採され
明るくなった
通り道
燕たち　次々あらわれ
右に左に　宇宙舞

『宇宙人に背中おされて』
巡り巡って
91歳みっちゃんの許へ
何回も何回も読んだ
わたしも書いてみようと思った、と

廊下で遊んでいたあきら君
車から出ると　両手広げ
ワーッとかけ寄って来る
真似して両手広げ待ち受ける
笑いころげ　また戻る　何回も何回も

真夜中
天井に
大カマキリ
明日から
お盆

亡き息子
愛用の
トランペットは
回収車の
助手席に乗せられて

モンキチョウ　ヒラヒラ
5分後、また　ヒラヒラ
30分後、まだ　ヒラヒラ
忘れかけていた
一時間経っても　ヒラヒラ

雀ペアの後を追ってゆく
草むらから
雀10羽
次々20羽以上
飛び出した

母子家庭の子
漢字の練習
〝父〟という字に
「この字おれには関係ない」と、
笑ってしまったがズシンと応える

ありがとう
ごめん　では
済まされない
知る由もない
あなたの人生

「その時正しく語れるように
今正しく勉強しておく」
涙が出てきた
きっと　五行歌の
核心を衝いているから

跋

草壁焰太

タイトルを決めるように著者から言われ、『十羽の鴨とぞろぞろ』にした。この作者の歌の特徴は、鳥との交信しかない。鳥といっしょに歩く。鳥が待っている。鳥が声をかけてくる。

こういう歌人は、短歌、俳句を含めてもいままで一人もいなかったな、と思う。本人が言うのだから、実際、鳥たちは著者を仲間、友だちと思っているのであろう。

こういう人は、存在そのものが、詩人であり、歌人である。

いままでの本もそうであったが、今度の本はますます、鳥との交信の本である。だが、鳥たちも言葉を持たないから、絶対の証拠はない。

だが、いつも鳥たちと歩いて、歌に書いているこの本を見ると、鳥たちとの交信は、事実なんだろうと思えてくる。

アカハラ、セキレイ、アオサギ、ムクドリ、カワウ、…。アオサギはかならず、ギャッと声をかけてくる。

こういう人、いないよなあ、と思いつつ、いや、心の交流はきっとあると信じたくなってくる。

彼女は、技術畑の人で、ずっと技術者として仕事してきた。この本の歌からは、想像もできないと思うが、男の友人たちから、とても大切にされたという歌もある。今度の歌集は三冊目、私と並ぶくらいだから、いまや代表的な五行歌人である。

もう引返すことのできない歌境であり、鳥と遊ぶうたびとである。

いままでのうたびとでも、ここまで徹底した鳥のうたびとはいなかったなあと思う。日本の古典の詩歌を読み続けてきた私が言うのだから、まちがいない。

こういううたびとが生まれて、よかったなあというのが、私の気持ちである。

思ったままが書ける詩歌を創り出して、思ったままを書いてもらったら、こういううたびとが生まれた。

空を翔る鳥たちと同じようなものである。

あとがき

不思議な巡り合せに支えられて

きっかけは
SORAさんの五行歌『また明日』
SORAさんの誕生日に
「まにあわせましょう」との
草壁主宰のひとこと

今秋10月27日は、五行歌三十周年の全国大会が大阪で開催されます。その日は、亡正樹（末っ子）の命日、翌々日、私は喜寿を迎えます。お祝いというより、ひとつの節目として、第三歌集を出版と思い立ちました。7月初めの頃でした。

10月27日に間に合いそうです。

ほとんど
見向きもされないが
鳥たちトンボたちチョウたち、カエル
彼らとの実体験
書かずにいられない

これからも
生きてる限り
鳥、トンボ、チョウ、カエルたちに
見放されない限り
続けてゆく

まさかの第一歌集出版から
第三歌集にたどりつきました
草壁先生の御蔭です
五行歌のおかげです
草壁先生、ありがとうございました

そして、本部のみな様、お力添えいただいた方々、ありがとうございました。それに亡正樹と家族、鳥、トンボ、チョウ、カエルもありがとう。

２０２４年　８月　30日

三友伸子

第 33 回五行歌全国大会 in 東京（2023 年開催）授賞式
草壁賞を受賞し登壇した。一番左が著者。

三友 伸子　（みとも のぶこ）

1947 年 10 月 29 日 栃木県宇都宮市に生まれる
1966 年 栃木県立宇都宮女子高等学校卒業
1970 年 茨城大学工学部を卒業し日立製作所ソフトウェア工場入社
1995 年 五行歌の会に入会
1997 年「のだ五行歌会」発足・現在同歌会代表
著書：五行歌集『小鳥の道案内』（2006 年）
　　　五行歌集『宇宙人に背中おされて』（2017 年）

現住所：千葉県野田市堤台 438-93

五行歌五則 ［平成二十年九月改定］

一、五行歌は、和歌と古代歌謡に基いて新たに創られた新形式の短詩である。

一、作品は五行からなる。例外として、四行、六行のものも稀に認める。

一、一行は一句を意味する。改行は言葉の区切り、または息の区切りで行う。

一、字数に制約は設けないが、作品に詩歌らしい感じをもたせること。

一、内容などには制約をもうけない。

五行歌とは

五行歌とは、五行で書く歌のことです。万葉集以前の日本人は、自由に歌を書いていました。その古代歌謡にならって、現代の言葉で同じように自由に書いたのが、五行歌です。五行にする理由は、古代でも約半数が五句構成だったためです。

この新形式は、約六十年前に、五行歌の会の主宰、草壁焰太が発想したもので、一九九四年に約三十人で会はスタートしました。五行歌は現代人の各個人の独立した感性、思いを表すのにぴったりの形式であり、誰にも書け、誰にも独自の表現を完成できるものです。

このため、年々会員数は増え、全国に百数十の支部があり、愛好者は五十万人にのぼります。

五行歌の会　https://5gyohka.com/
〒162-0843東京都新宿区市谷田町三―一九
川辺ビル一階
電話　〇三（三二六七）七六〇七
ファクス　〇三（三二六七）七六九七

そらまめ文庫 み 4-1
十羽の鴨とぞろぞろ

2024 年 10 月 27 日　初版第 1 刷発行

著　者　　三友伸子
発行人　　三好清明
発行所　　株式会社 市井社
〒 162-0843
東京都新宿区市谷田町 3-19 川辺ビル 1F
電話　03-3267-7601
http://5gyohka.com/shiseisha/
印刷所　　創栄図書印刷 株式会社
写真・装丁　水源カエデ

ISBN978-4-88208-216-3

そらまめ文庫

い 1-1 白つめ草 石村比抄子五行歌集
い 2-1 風　滴 唯沢　遥五行歌集
お 1-1 だいすき 鬼ゆり五行歌集
お 2-1 だらしのないぬくもり 大島健志五行歌集
お 2-2 オールライト 大島健志五行歌集
お 3-1 リプルの歌 太田陽太郎五行歌集
お 4-1 小倉はじめ百首 小倉はじめ五行歌集
か 2-1 ヒマラヤ桜 神部和子五行歌集
く 1-1 恋の五行歌　キュキュン200 草壁焰太 編
く 2-1 コケコッコーの妻 桑本明枝五行歌集
く 2-2 緑の星 桑本明枝五行歌集
こ 1-1 雅 ― Miyabi ― 高原郁子《こうげんかぐわし》五行歌集
こ 1-2 紬 ― Tsumugi ― 高原郁子《こうげんかぐわし》五行歌集
こ 1-3 奏 ― Kanade ― 高原郁子《こうげんかぐわし》五行歌集
さ 1-1 五行歌って面白い　五行歌入門書 鮫島龍三郎 著

さ 1-2 五行歌って面白いⅡ　五行歌の歌人たち 鮫島龍三郎 著
さ 1-3 喜劇の誕生 鮫島龍三郎五行歌集
さ 2-1 備忘録 佐々木エツ子五行歌集
そ 1-1 また明日 SORA五行歌集
な 1-1 詩的空間 ―果てなき思いの源泉 中澤京華五行歌集
な 2-1 あの山のむこう 中島さなぎ五行歌集
ふ 1-1 故郷の郵便番号　夫婦五行歌集 浮游&仁田澄子五行歌集
ま 1-1 また虐待で子どもが死んだ まろ五行歌集
ま 2-1 こんなんどうや？ 増田和三五行歌集
み 1-1 一ヶ月反抗期　14歳の五行歌集 水源《みなもと》カエデ五行歌集
み 1-2 承認欲求 水源《みなもと》カエデ五行歌集
み 2-1 まだ知らない青 水源《みなもと》　純五行歌集
み 3-1 環境保全活動 美保湖五行歌集
や 1-1 宇宙人観察日記 山崎　光五行歌集
ゆ 1-1 きっと　ここ ―私の置き場― ゆうゆう五行歌集

※定価はすべて 880 円（10%税込）です